Ceci est la page titre de mon livre.

Elle te dit que le nom du livre est

LE LIVRE À PROPOS DES LIVRES DE VICTOR LE LAPIN

et que le nom de l'auteure (celle qui a écrit les mots) est

Frances Watts

David Legge

et que le nom de l'illustrateur (celui qui a peint les images) est

Maintenant, suis-moi !

Broquet
Jeunesse

97-B, montée des Bouleaux,
Saint-Constant, Qc, Canada J5A 1A9
www.broquet.qc.ca   info@broquet.qc.ca
Tél. : 450 638-3338   Téléc. : 450 638-4338

et que l'éditeur est

*À David Francis et
David Legge AL*

À Ali et Belinda DL

Ceci est la page du dépôt légal.
Elle te donne plus d'information sur l'éditeur.

Elle contient de l'information pour aider le libraire à savoir sur quelle tablette ranger le livre.

**Catalogage avant publication de
Bibliothèque et Archives nationales du Québec
et Bibliothèque et Archives Canada**

Watts, Frances

Le livre à propos des livres de Victor le lapin

Traduction de : *Parsley Rabbit's book about books*.

Pour enfants.

ISBN 978-2-89654-094-5

I. Legge, David, 1963- . II. Titre.

PZ23.W384Li 2009   j823'.92   C2009-940554-7

Pour l'aide à la réalisation de son programme éditorial, l'éditeur remercie :
Le Gouvernement du Canada par l'entremise du Programme d'aide au développement de l'industrie de l'édition (PADIÉ) ; la Société de développement des entreprises culturelles (SODEC) ; l'Association pour l'exportation du livre canadien (AELC).
Le Gouvernement du Québec – Programme de crédit d'impôt pour l'édition de livres – Gestion SODEC.

Titre original : *Parsley rabbit's Book about books*
Textes © Droits d'auteur Frances Watts 2007
Illustrations © Droits d'auteur David Legge 2007

Pour l'édition canadienne en langue française :
Traduction : Cécile Lévesque
Correction d'épreuves : Andrée Laprise
Infographie : Annabelle Gauthier

Copyright © Ottawa 2009 Broquet inc.
Dépôt légal — Bibliothèque et archives nationales du Québec
3e trimestre 2009

Imprimé en Chine

ISBN 978-2-89654-094-5

La prochaine page est beaucoup plus intéressante. C'est là que le livre commence réellement.

Mon nom est
Victor le lapin.
Ceci est mon livre
et TU es le lecteur.

Mais attends !
As-tu deviné de
quoi parle ce livre ?

(Parfois, le titre
te donne un indice.)

Eh oui !
Ceci est un livre
à propos
des livres !

Les mots dans mon livre
se lisent de gauche à droite
sur la page. Peux-tu les
suivre avec ton doigt ?
Suis seulement les
traces de carottes.

Quand tu auras fini de
lire les mots et de regarder
l'image sur cette page, tu peux
tourner la page pour voir quelle
magnifique surprise t'attend sur
la prochaine page…

C'est encore moi ! N'est-ce pas une extraordinaire surprise ?

Les livres ont toutes sortes de formes et de tailles et ils ont toujours des pages à tourner. Quelques livres sont grands avec plusieurs images et certains sont petits avec beaucoup de mots.

Ou un rabat peut
être utile pour
cacher quelque
chose d'excitant.

Les livres peuvent raconter
de merveilleuses histoires.
Il y a des histoires qui font
rire – il pourrait s'agir de
l'histoire d'un lapin qui raconte
des blagues très drôles.

Il y a des histoires qui font pleurer
– comme l'histoire d'un pauvre lapin
qui n'a plus de carottes.

Il y a aussi des livres qui parlent du monde autour de nous. Sais-tu qu'il existe des livres qui parlent seulement des lapins ? Ils te disent à quelle hauteur les lapins peuvent sauter, ce qu'ils aiment manger et de quelle longueur sont leurs oreilles.

Quels sont tes livres préférés?

Tu peux partager tes livres préférés
avec ta famille, tes amis et tes professeurs.
Si tu es très gentil, tu les partageras même
avec ton petit frère.

Avec qui aimes-tu partager tes livres ?

Tu peux lire des livres n'importe où. Tu peux les lire à l'école et tu peux les lire à la maison. Peut-être que quelqu'un te lit un livre avant que tu t'endormes le soir.

Où lis-tu des livres?

Si tu aimes vraiment beaucoup un livre, tu peux le relire encore et encore. Je pense qu'un livre est le plus beau cadeau que tu puisses recevoir.

Qu'en penses-tu, Basile?